As Irmãs Pervertidas

As Irmãs Pervertidas

ALDIVAN TORRES

Canary Of Joy

CONTENTS

—

Pequena biografia: Aldivan Teixeira Torres, natural de Arcoverde-PE, é um escritor consolidado em vários gêneros. Até o momento tem títulos publicados na língua portuguesa, espanhola, inglesa, francesa, russa, alemã, chinesa, coreana e italiana. Desde cedo, sempre foi um amante da arte da escrita tendo consolidado uma carreira profissional a partir do segundo semestre de 2013. Espera com seus escritos contribuir para a cultura Pernambucana e Brasileira, despertando o prazer de ler naqueles que ainda não tenham o hábito. Sua missão é conquistar o coração de cada um dos seus leitores. Além da literatura, seus gostos principais são a música, as viagens, os amigos, a família e o próprio prazer de viver. "Pela literatura, igualdade, fraternidade, justiça, dignidade e honra do ser humano sempre" é o seu lema.

Dedicatória e agradecimentos

Dedico esta série erótica a todos os amantes de sexo e pervertidos como eu. Espero corresponder às expectativas de todas as mentes insanas. Começo aqui este trabalho com a convicção de que Amelinha, Belinha e seus amigos haverão de fazer história. Sem mais, um abraço carinhoso a meus leitores.

Uma boa leitura e muitos gozos.

Com carinho, o autor.

Apresentação

Amelinha e Belinha são duas irmãs nascidas e criadas no interior de Pernambuco. Filhas de pais agricultores souberam desde cedo enfrentar as ferozes dificuldades da vida sertaneja com um sorriso no rosto. Com isso, foram alcançando suas conquistas pessoais. A primeira é auditora da fazenda pública e a outra, menos inteligente, é professora municipal de ensino básico da cidade de Arcoverde.

Embora sejam realizadas na profissão, as duas tem um sério problema crônico em relação a relacionamentos de modo que nunca acharam seu príncipe encantado o qual é o sonho de toda a mulher. A mais velha, Belinha, chegou até ficar um tempo morando com um homem. Contudo, foi traída o que gerou em seu pequeno coração traumas irreparáveis. Ela se viu obrigada a se separar e prometeu a si mesma nunca mais sofrer por causa de um homem. Já Amelinha, coitada, nem sequer noivou. Quem quer casar com a Amelinha? Ela é uma morena faceira, magrinha, estatura média, olhos cor-de-mel, bumbum médio, peitos como melancia, tórax definido além dum sorriso cativante. Ninguém sabe qual o verdadeiro problema dela, ou melhor, das duas.

Com relação ao relacionamento interpessoal delas, são muito unidas a ponto de compartilhar segredos entre elas. Desde que Belinha foi traída por um macho sem futuro, Amelinha tomou as dores da irmã e também se dispôs a brincar com os homens. As duas se tornaram uma dupla dinâmica conhecida como "As irmãs Pervertidas". Apesar disso, os homens adoram ser os brinquedos delas. Isto se explica porque não há coisa melhor do que amar Belinha e Amelinha mesmo que por um instante. Vamos juntos conhecer suas histórias?

Sumário

1-O negrão

2-Os Bombeiros

3-Consulta médica

4-Aula particular

5-Prova do concurso

6-*A volta do* professor

7-O palhaço maníaco

8-Passeio em Pesqueira

O negrão do WhatsApp

Amelinha e Belinha além de ótimas profissionais e amantes, são belas e ricas mulheres integradas às redes sociais. Além do sexo propriamente dito, procuram também fazer amizades.

Certa vez, a segunda entrou no chat virtual. Um dos Nicks das pessoas se chamava "Negrão do WhatsApp". Neste instante, ela logo tremeu na base pois adorava negrões. Reza a lenda de que os dito cujos tem aquilo mais avantajado acrescentado a um charme indiscutível.

"Oi, linda! "Chamou o bendito Negrão.

"Olá, tudo bem? "Respondeu ao chamado a intrigante Belinha.

"Tudo ótimo. Um boa noite!

"Boa. Adoro negrões!

"Hum! Isto me tocou profundo agora! Mas há um motivo especial para isso? Qual seu nome?

"Bem, o motivo é que eu e minha irmã gostamos daquilo "Grande" se é que me entende. Quanto ao nome, apesar daqui ser um ambiente sigiloso, não tenho nada a esconder. Eu me chamo Belinha. Muito prazer!

"O prazer é todo meu. Eu me chamo Flávio e sou um negrão porreta!

"Eu senti firmeza em suas palavras. Quer dizer que minha intuição está certa?

"Não posso responder isso agora pois isso acabaria com todo o mistério. Como se chama sua irmã?

"O nome dela é Amelinha.

"Amelinha! Lindo nome! Pode se descrever fisicamente?

"Sou loura, alta, forte, cabelos longos, bumbum avantajado, peitos médios e tenho um corpo escultural. E você?

"Cor negra, um metro e oitenta centímetros de altura, forte, malhado, braços e pernas grossos, asseado, cabelos chamuscados, faces definidas e com "Aquilo considerável".

"Ai! Ai! Você me mata de tesão, amor!

"Não se preocupe. Quem me conhece, não esquece jamais.

"Você já quer me deixar louca de agora?

"Desculpe, amor! É só para dá um tempero a mais em nossa conversa.

"Qual sua idade?

"Vinte e cinco anos e a sua?

"Tenho trinta e oito anos e minha irmã trinta e quatro. Apesar da diferença de idade, nós somos muito unidas. Na infância, nos unimos para vencer as dificuldades. Na adolescência, compartilhamos nossos sonhos. E agora, na fase adulta, compartilhamos nossas conquistas e frustrações. Não sei viver sem ela.

"Jóia! Muito bonito este sentimento de vocês. Estou ficando com vontade de conhecer as duas. Ela é danadinha assim como você?

"No bom sentido da palavra, ela é a melhor no que faz. Muito inteligente, bonita e educada. A minha vantagem é que sou mais larga, entende?

"Mais não vejo problema em ser apertadinha. Eu gosto dos dois tipos.

"Gosta mesmo? Sabe, Amelinha é uma mulher especial. Não é por ser minha irmã, mas tem um coração gigante. Tenho um pouco de pena dela pois nunca conseguiu um noivo. Sei que o sonho dela é casar. Ela se juntou comigo numa revolta porque fui traída pelo meu companheiro. Desde então, buscamos apenas relacionamentos rápidos. Tudo bem para você?

"Compreendo perfeitamente. Também sou um pervertido. Porém, não tenho nenhum motivo especial. Apenas quero curtir minha juventude. Vocês me parecem ser ótimas pessoas.

"Muito obrigada. Você é de Arcoverde mesmo?

"Sim, sou do centro. E vocês?

"Do Bairro São Cristóvão.

"Ótimo. Moram sozinhas?

"Sim. Perto da rodoviária.

"Podem receber a visita dum homem hoje?

"Adoraríamos. Mas você tem que dar conta das duas. Está bem?

"Não se preocupe, amor. Posso dar conta até de três. Eu sou negrão, esqueceu?

"Ah, sim! Verdade!

"Já vou aí. Pode explicar melhor a localização?

"Sim. Você deve ir...!

"Sei onde é. Preparam-se que já vou indo!

O negrão do WhatsApp saiu da sala e Belinha também. Ela aproveitou então e deslocou-se até a cozinha onde encontrou com a irmã. Amelinha estava lavando os pratos sujos do jantar.

"Boa noite, Amelinha. Você vai cair para trás. Adivinha quem está chegando?

"Não faço a mínima ideia, irmã. Quem?

"O Flávio. Conheci-o no chat virtual. Ele será a nossa diversão de hoje.

"Como ele é?

"É negrão. Já pensou que delícia? O pobre não sabe do que somos capazes!

"É mesmo, irmã! Vamos deixar ele molinho, molinho.

"Ele vai cair, comigo! "Afirmou Belinha.

"Não! Será comigo" Replicou Amelinha.

"Uma coisa é certa: Com uma de nós ele vai cair "Concluiu Belinha.

"É verdade! Que tal deixarmos tudo pronto no quarto?

"Boa ideia. Eu te ajudo!

As duas bonecas insaciáveis foram até o quarto deixando tudo organizado para a chegada do macho. Assim que terminam, escutam a campainha tocar.

"Será que é ele, irmã? "Indagou Amelinha.

"Vamos juntas conferir! "Convidou Belinha.

"Vamos! Concordou Amelinha.

Pé ante pé, as duas gracinhas ultrapassaram a porta do quarto, passaram pela sala de jantar e depois chegaram à sala de estar. Caminharam até a porta. Ao abri-la, deparam-se com o sorriso encantador e másculo do Flávio.

"Boa noite, meninas. Tudo bem? Eu sou o Flávio.

"Boa noite. Seja bem-vindo. Eu sou a Belinha que estava falava contigo pelo computador e esta menina meiga ao meu lado é minha irmã.

"Muito prazer, Flávio! "Disse Amelinha.

"Prazer as duas. Posso entrar?

"Claro! "Responderam concomitantemente as duas mulheres.

O garanhão teve acesso à sala observando cada detalhe da decoração. O que se passava naquela mente fervilhante? Ele se sentia especialmente tocado por cada uma daquelas espécimes femininos. Após um breve instante, ele olhou profundamente nos olhos das duas putinhas dizendo:

"Estão prontas para o que eu vim fazer?

"Prontíssimas "Afirmaram as amantes!

O trio parada dura caminhou a largos passos até o quarto maior da casa. Ao fechar a porta atrás de si, tinham certeza que o céu viraria inferno em questão de segundos. Tudo era perfeito: A arrumação das toalhas, os brinquedos sexuais, o filme pornô passando na Televisão do teto e a música romântica vibrava. Nada podia lhes tirar o prazer duma ótima noite.

O primeiro passo é sentar à beira da cama. O negrão começou a tirar sua roupa e das duas mulheres. Sua volúpia e sede de sexo era tão grande que causavam um pouco de ansiedade naquelas doces presepeiras. Ele foi tirando a camisa mostrando o tórax e o abdômen bem trabalhados pela malhação diária na academia. Seus pelos médios espalhados por essa região tiraram suspiros das garotas. Depois, ele tirou a calça permitindo a visão de sua cueca Box consequentemente mostrando seu volume e masculinidade. Neste momento, permitiu que as mesmas tocassem no órgão deixando-lhe mais ereto. Sem segredos, ele jogou a cueca fora mostrando tudo o que Deus lhe deu.

Eram vinte e dois centímetros de comprimento com catorze centímetros de diâmetro o suficiente para deixa-las loucas. Sem perder tempo, caíram em cima dele. Começaram pelas preliminares. Enquanto uma engolfava a pica na boca a outra lambia os sacos escrotais. Nesta operação, passaram três minutos. Tempo suficiente para completamente prontas para o sexo.

Em seguida, ele iniciou a penetração em uma e depois na outra sem preferência. O ritmo frequente do vaivém provocou gemidos, gritos e múltiplos orgasmos na sequência do ato. Foram trinta minutos de sexo vaginal. Cada uma com metade do tempo. Depois, concluíram com sexo oral e anal.

Descansaram alguns minutos. Quando o negão ficou pronto novamente, repetiram a dose até atingir o êxtase do sexo. Foi quando caíram desfalecidos na cama e dormiram com os anjos. Porém, na madrugada, ele se levantou e foi embora sem se despedir. Assim como Flávio, a maioria dos homens se satisfaz quando consegue seu desejo. Em contrapartida, Amelinha e Belinha ficaram felizes com a nova experiência.

Os bombeiros

Arcoverde, 06/09/2017

Era uma noite fria, sombria e chuvosa na capital de todos os sertanejos pernambucanos. Tinha momentos que os ventos frontais chegavam a cem quilômetros por hora assustando demais as pobres irmãs Amelinha e Belinha. As duas irmãs pervertidas encontravam-se reunidas na sala de estar de sua residência simples no bairro São Cristóvão. Sem nada para fazer, conversavam alegremente sobre coisas gerais.

"Amelinha, Como foi seu dia na secretaria da fazenda?

"A mesma coisa de sempre: Organizei o planejamento tributário da administração tributária e aduaneira, administrei a prestação de contas do pagamento dos tributos, trabalhei na prevenção e combate da sonegação fiscal. É um trabalho árduo e chato. Porém, recompensador e bem remunerado. E você? Como foi sua rotina na escola? "Perguntou Amelinha.

"Na aula, repassei os conteúdos orientando os alunos da melhor forma possível. Corrigi os erros e tomei dois celulares de alunos os quais estavam atrapalhando a aula. Dei aulas também de comportamento, postura, dinâmica e conselhos úteis. Enfim, além de professora sou mãe deles. Prova disso é que no intervalo me infiltrei na turma de alunos e junto com eles brincamos de amarelinha, bambolê, bate e corre, carneirinho entre outros. No meu conceito, a escola é nossa segunda casa e devemos zelar pelas amizades e ligações humanas que temos a partir dela "Respondeu Belinha.

"Brilhante, minha irmã. Nossos trabalhos são ótimos porque propiciam importantes construções emocionais e interacionais entre as pessoas. Nenhum humano consegue viver isolado nem muito menos sem recursos psicológicos e financeiros "Analisou Amelinha.

"Concordo. O trabalho é essencial para nós tendo em vista que nos torna independentes diante do império machista predominante em nossa sociedade "Disse Belinha.

"Isso. Continuaremos em nossos valores e atitudes. Homem só é bom na cama "Observou Amelinha.

"Por falar em homem, o que achou do negrão? "Indagou Belinha.

"Correspondeu às minhas expectativas. Depois dumas experiências dessas, meus instintos e minha mente sempre pedem mais gerando uma insatisfação interna. Qual é sua opinião? "Perguntou Amelinha.

"Foi bom, mas também me sinto como você: Incompleta. Estou seca de amor e de sexo. Quero cada vez mais. O que temos para hoje? "Questionou Belinha.

"Estou sem ideias. A noite está fria, escura e tenebrosa. Está ouvindo o barulho lá fora? Há muita chuva, ventos fortes, raios e trovões. Estou com medo! "Revelou Amelinha.

"Eu também! "Confessou Belinha.

Neste instante, é ouvido um barulho de raio estrondoso em toda a Arcoverde. Amelinha pula no colo de Belinha que grita de dor e de desespero. Na mesma hora, a energia falta deixando as duas desesperadas.

"E agora? O que faremos Belinha? "Indagou Amelinha.

"Sai de cima de mim, puta! Vou buscar as velas! "Respondeu Belinha.

Belinha afastou delicadamente a irmã para o lado do sofá enquanto tateava pelas paredes buscando chegar à cozinha. Como a casa é relativamente pequena, não demora a concluir esta operação. Usando o tato, pega as velas no armário e as acende com os fósforos estrategicamente colocados em cima do fogão.

Com a iluminação da vela, volta tranquila para a sala onde reencontra a irmã com um sorriso misterioso escancarado no rosto. O que ele estava pretendendo?

"Pode desembuchar, irmã! Eu sei que está pensando em algo "Notificou Belinha.

"Estava pensando. E se ligássemos para o corpo de bombeiros da cidade avisando dum incêndio? Falou Amelinha.

"Deixa ver se eu entendi. Você quer inventar um incêndio fictício para atrair estes homens? E se formos presas? "Temeu Belinha.

"Minha colega! Tenho certeza que irão adorar a surpresa. O que eles têm de melhor a fazer numa noite escura e monótona como essa? "Disse Amelinha.

"Tem razão. Irão agradecer pela diversão. De quebra, acalmaremos o fogo que nos consome por dentro. Agora, vem a questão: Quem vai ter a coragem de ligar para eles? "Perguntou Belinha.

"Eu sou tímida. Deixo esta tarefa para você, minha irmã "Disse Amelinha tirando o corpo de fora.

"Sempre eu. Está bem. Vamos lá e seja o que Deus quiser "Concluiu Belinha.

Levantando-se do sofá, Belinha vai até a mesinha do canto onde está instalado o celular. Ligando para o número de emergência dos bombeiros espera ser atendida. Depois de alguns toques, escuta uma voz grossa e firme falar do outro lado.

"Boa noite. Aqui é do corpo de bombeiros. Qual é a ocorrência?

"Eu me chamo Belinha. Moro no bairro são Cristóvão aqui em Arcoverde. Eu e minha irmã estamos desesperadas com esta chuva toda. Quando caiu a energia aqui em nossa casa, deu um curto circuito aqui em casa começando a pegar fogo nos objetos. Por sorte, eu e minha irmã saímos. O fogo está consumindo a casa pouco a pouco. Precisamos da ajuda dos bombeiros "Disse aflita a garota.

"Calma, minha amiga. Já estamos chegando. Pode dar informações detalhadas sobre sua localização? "Pediu o bombeiro de plantão.

"Minha casa fica exatamente na avenida...................Tudo bem para vocês?

"Sei onde fica. Daqui a alguns minutos estaremos aí. Fique tranquila" disse o bombeiro.

"Estamos esperando. Obrigada! "Agradeceu Belinha.

Retornando ao sofá com um sorriso escancarado, as duas soltaram pilhérias e bufaram com a brincadeira que estavam fazendo. No entanto, isso não é recomendado a fazer a não ser que fossem duas putas como elas.

Cerca de dez minutos depois, escutaram batidas à porta e foram atender. Ao abrir a porta, deram de cara com três bofes mágicos cada um com sua beleza característica. Um era negro, um metro e setenta de altura, pernas e braços médios. Outro era moreno, um metro e noventa de altura, musculoso e escultural. Um terceiro era branco, baixinho, magro, mas muito bem afeiçoado. O branquinho trata de se apresentar:

"Oi, Senhoritas, boa noite! Eu me chamo Roberto. Este negrão aqui do lado se chama Mateus e o moreno, Felipe. Como vocês se chamam e onde é o incêndio?

"Sou a Belinha, aquela que falou com vocês por telefone. Esta morena aqui é minha irmã Amelinha. Entrem que explico direito a vocês "Convidou.

"Está bem" Aceitaram concomitantemente os três bombeiros.

O quinteto entrou na casa e tudo parecia normal pois a energia elétrica já havia voltado. Eles se acomodam no sofá da sala junto com as meninas. Desconfiados, eles puxam conversa.

"O incêndio acabou, foi? "Indagou Mateus.

"Sim. Já controlamos graças a um grande esforço "Explicou Amelinha.

"Pena! Estava querendo trabalhar. Lá no quartel a rotina é tão monótona "disse Felipe.

"Tenho uma ideia. Que tal se trabalhassem duma forma mais prazerosa? "Sugeriu Belinha.

"Quer dizer que vocês são.... "Suspendeu Felipe.

"Sim. Somos mulheres solteiras que adoram prazer. A fim duma diversão? "Perguntou Belinha.

"Só se for agora "Respondeu o Negrão.

"Estou dentro também "Confirmou o moreno.

"Esperem por mim" Disponibilizou-se o branquinho.

"Então vamos "Confirmaram as moças.

O quinteto adentrou no quarto dividindo uma cama de casal. Começou então a orgia sexual. Belinha e Amelinha se revezavam para atender a volúpia dos três bombeiros. Tudo parecia mágico e não havia sensação melhor do que ficar com eles. Com dotes variados, eles experimentaram as variações sexuais e as posicionais criando um quadro perfeito.

As moças pareciam insaciáveis em seu ardor sexual o que enlouquecia aqueles profissionais. Eles atravessaram a noite fazendo sexo e o prazer parecia que não acabava. Só deixaram o local ao receber um telefonema urgente do trabalho. Despediram-se e foram atender a ocorrência. Mesmo assim, nunca se esqueceriam daquela experiência maravilhosa ao lado das "Irmãs Pervertidas".

Consulta médica

Arcoverde,24/11/2017

Amanheceu na linda capital do sertão lindamente como se fosse um dia qualquer. Costumeiramente, as duas irmãs pervertidas foram despertando logo cedo. Porém, ao levantar, não se sentiram nada bem. Enquanto Amelinha não parava de espirrar, a sua irmã Belinha se sentia um pouco sufocada. Fatos estes provavelmente provenientes da noitada anterior na Praça Virgínia Guerra onde beberam, beijaram na boca e bufaram harmonicamente sorvendo o sereno da noite.

Como não estavam se sentindo bem e sem forças para nada, sentaram no sofá religiosamente pensando no que fazer pois compromissos profissionais esperavam ser resolvidos.

"O que faremos, irmã? Estou totalmente sem ar e exausta "Observou Belinha.

"Nem me diga! Estou com dor de cabeça e início duma virose. Estamos perdidas! "Constatou Amelinha.

"Mas acho que isso não é justificativa para faltar ao trabalho! Pessoas dependem de nós! "Destacou bela.

"Calma, não criemos pânico! Que tal se unirmos ao agradável? "Sugeriu Amelinha.

"Não me diga que você está pensando no que estou pensando.... "Espantou-se Belinha.

"Isso mesmo. Vamos juntas ao médico! Será uma ótima razão para faltar ao trabalho e quem sabe de quebra não rola o que desejamos! "Disse Amelinha

"ótima ideia! Então o que estamos esperando? Vamos já nos arrumar! "Pediu Belinha.

"Vamos! "Concordou Amelinha.

As duas deslocaram-se aos seus respetivos recintos. Estavam tão animadas com a decisão que nem pareciam doentes. Será que tudo não passava de invenção delas? Perdoe-me leitor, não vamos pensar mal de nossas queridas amigas sendo elas ótimas pessoas. Ao contrário, vamos acompanhá-las neste novo capítulo instigante de suas vidas.

No quarto, tomaram banho em suas suítes, vestiram roupas e sapatos novos, pentearam os cabelos longos, botaram um perfume Francês e daí foram até a cozinha. Lá, estralaram ovos e queijo recheando dois pães e comeram com um suco refrigerado. Estava tudo muito delicioso.

Mesmo assim, pareciam não sentir isso porque a ansiedade e o nervosismo frente a consulta médica eram gigantes.

Com tudo pronto, saíram pé ante pé da cozinha com destino a saída da casa. A cada passo que davam, seus coraçõezinhos palpitavam de emoção ao pensar em uma nova experiência completa e plena. Benditas sejam! O otimismo tomava conta delas e era algo a ser seguido pelos outros!

No lado externo da casa vão até a garagem. Abrindo a porta em duas tentativas, ficam diante do modesto Fiat Mobi cor vermelha. Apesar do bom gosto por carros, preferiam os populares aos clássicos com medo da violência comum presente em quase todas as regiões brasileiras.

Sem demoras, as garotas entram no carro dando a saída suavemente e em seguida uma delas fecha a garagem voltando ao carro imediatamente depois. Quem dirige é Amelinha com experiência já de dez anos. Já Belinha ainda não tem permissão para dirigir nem habilidade para isso.

O trajeto bem curto entre a morada delas e o hospital é feito com segurança, harmonia e tranquilidade. Naquele momento, tinham a falsa sensação de que podiam tudo. Contraditoriamente, sentiam medo de sua astúcia e liberdade. Elas mesmo se surpreendiam com as atitudes tomadas. Não era por menos que eram apelidadas de putas sacanas do bem!

Chegando ao hospital, agendaram a consulta e ficaram esperando ser chamadas. Neste intervalo de tempo, aproveitaram fazendo um lanche e trocaram mensagens pelo aplicativo do celular com seus queridos servos sexuais. Mais cínicas e alegres do que estas, era impossível ser!

Tempos depois, é a vez delas serem atendidas. Inseparáveis entram no consultório de atendimento. Ao fazê-lo, quase tem um infarto. Diante delas, estava uma peça rara de homem: Um louro alto, 1,90m, barba rala, cabelos formando um rabo de cavalo, braços e peitos musculosos, faces naturais com um olhar aniquilador. Antes mesmo que elas pudessem esboçar reação, ele convida:

"Sentem as duas!

"Obrigada! "Disseram simultaneamente as duas.

As duas tem tempo de fazer uma análise rápida do ambiente: Em frente à mesa de atendimento, o médico, a cadeira em que estava sentado e por trás um armário. Do lado direito, uma cama. Na parede, pinturas expressionistas do autor Cândido Portinari retratando o homem do campo. O ambiente é bem aconchegante deixando as meninas à vontade. O clima de descontração é quebrado pelo aspecto formal da consulta.

"Contem-me o que estão sentindo, meninas!

Aquilo soou informal para as garotas. Que doce era aquele louro! Devia ser uma delícia de comer, pensaram instintivamente.

"Dor de cabeça, indisposição e virose! "Contou Amelinha.

"Estou com falta de ar e cansada! "Reclamou Belinha.

"Certo! Deixe-me examinar! Deitem na cama! "Pediu o Doutor.

As putas mal respiravam diante deste pedido. O profissional lhes fez tirar parte da roupa e as apalpou em várias partes o que lhes provocava arrepios e suores frios. Percebendo que não havia nada de grave com as mesmas, o atendente brincou:

"Parece tudo perfeito! Quer que receitem o quê? Injeção na bunda?

"Adoro! Se for uma injeção grande e grossa melhor ainda! "Destacou Belinha.

"Você vai aplicar devagar, amor? "Disse Dengosamente Amelinha.

"Aí você já está pedindo demais! "Observou o clínico.

Fechando a porta com cuidado, ele cai em cima das garotas feito um animal selvagem. Primeiramente, vai tirando os restantes das peças de roupa dos corpos. Cada tirada, lhe aguça ainda mais a libido. Ao ficarem completamente nuas, ele admira por alguns instantes aquelas esculturais criaturas. Depois, é a vez dele se mostrar. Ele faz questão delas tirarem suas vestes. Isso aumenta o entrosamento e a intimidade entre o grupo.

Com tudo pronto, iniciam as preliminares do sexo. Usando a língua em partes sensíveis como o ânus, a bunda e a orelha o louro provoca mini orgasmos de prazer nas duas mulheres. Tudo ia bem até quando alguém bate insistentemente na porta. Sem saída, ele tem que atender.

Ele caminha um pouco e abre a porta. Ao fazê-lo, se depara com o enfermeiro de plantão: Um mulato esguio, de pernas finas e bem baixo.

"Doutor, estou com uma dúvida sobre a medicação duma paciente: São quinhentos ou trezentos miligramas de Clotrimazol? "Indagou Roberto mostrando uma receita.

"Quinhentos! "Confirmou Alex.

Neste momento, o enfermeiro viu os pés das moças nuas que tentavam se esconder. Riu por dentro e safado como era interveio.

"Brincando um pouco não é, Doutor? Nem chama os amigos!

"Desculpe-me! Quer participar da suruba?

"Adoraria!

"Então entre!

Os dois entraram no recinto fechando a porta atrás de si. Mais do que depressa, o mulato foi tirando a roupa. Totalmente nu, mostrou como troféu seu mastro longo, grosso e cheio de veias. Belinha ficou encantada e foi logo fazendo sexo oral nele. Alex também exigiu que Amelinha fizesse o mesmo com ele. Depois do oral, iniciaram o anal. Nesta parte, Belinha sentiu bastante dificuldade em aguentar o pau monstro do enfermeiro. Mas assim que entrou no orifício, o prazer dos dois foi enorme. Da outra parte, não sentiram dificuldade nenhuma devido ao pênis ser normal.

Em seguida, fizeram sexo vaginal em várias posições. O movimento de vai e vem na cavidade provocava alucinações nos mesmos. Depois desta etapa, os quatro se uniram num sexo grupal. Foi a melhor experiência no qual as energias restantes foram gastas. Quinze minutos depois, os dois estavam esgotados. Pelas irmãs, o sexo nunca acabaria, mas boas como eram respeitavam a fragilidade daqueles homens. Não querendo atrapalhar o trabalho dos mesmos, elas se despediram levando o atestado de justificativa do trabalho e o telefone pessoal deles. Saíram totalmente compostas sem despertar a atenção de ninguém durante a travessia no hospital.

Chegando ao estacionamento, adentraram no carro e iniciaram o caminho de volta. Felizes da vida, já estavam com o pensamento na próxima traquinagem sexual delas. As irmãs pervertidas eram mesmo demais!

Aula Particular

Arcoverde,28 de outubro de 2017

Era uma tarde como outra qualquer. Recém-chegadas do trabalho, as irmãs pervertidas se ocupavam em tarefas domésticas. Finalizada todas as tarefas, reuniram-se na sala visando descansar um pouco. Enquanto Amelinha lia um livro, Belinha usava a internet do celular para navegar em seus sites favoritos.

Em dado instante, a segunda dá um grito estridente na sala o que assusta sua irmã.

"O que foi, garota? Está louca? "Indagou Amelinha.

"Acabei de acessar o site de concursos tendo uma grata surpresa "Informou Belinha.

"Conta mais!

"Estão abertas as inscrições do tribunal regional federal. Vamos fazer?

"Boa pedida, irmã! Qual é o salário?

"Mais de dez mil reais iniciais.

"Muito bom! Meu emprego é melhor. Porém, farei o concurso por estar me preparando buscando outros certames. Servirá como experiência.

"Faz muito bem! De quebra, você me incentiva. Agora, não sei por onde começar. Pode me dar dicas?

"Compre um curso virtual, faça muitas questões nos sites de provas, faça e refaça provas anteriores, elabore resumos, assista dicas no youtube, baixe bons materiais na internet entre outras coisas.

"Obrigada! Vou seguir todos estes conselhos! Porém, tenho necessidade de algo a mais. Olha, irmã, já que temos dinheiro que tal se pagássemos uma aula particular?

"Não tinha pensado nisso. É uma boa ideia! Tem alguma sugestão de uma pessoa competente para o cargo?

"Tenho um professor muito competente aqui de Arcoverde em meus contatos telefônicos. Veja a foto dele!

Belinha entregou o celular a irmã. Vendo a foto do rapaz, ela ficou extasiada. Que delícia! Além de bonito, era inteligente! Seria uma vítima perfeita da dupla unindo o útil ao agradável.

"O que estamos esperando? Chame ele, irmã! Precisamos estudar logo "Afirmou Amelinha.

"É para já! "Aceitou Belinha.

Levantando do sofá, ela começou a discar no teclado numérico do telefone os números do bofe. Feita a ligação, são apenas alguns instantes até ser atendida.

"Alô.Tudo bem, Belinha?

"Tudo ótimo, Renato.

"Manda as ordens.

"Estava navegando na internet quando descobri que as inscrições para o concurso do tribunal regional federal se encontram abertas. Adveio logo o seu nome à minha mente como professor respeitável. Lembra-se da época do colegial? Você só tirava notas máximas.

"Lembro bem dessa época. Bons tempos aqueles que não voltam mais!

"Pois é! Você tem tempo para nos dar uma aula particular?

"Que conversa, menina! Para você tenho sempre tempo! Marcamos para qual data?

"Pode ser amanhã às 14:00 Horas? Precisamos começar logo!

"Claro que sim! Com minha ajuda, humildemente digo que as chances de passar aumentam incrivelmente.

"Tenho certeza disso!

"Que bom! Pode me esperar às 14:00 horas.

"Muito obrigada! Até amanhã!

"Até!

Belinha desligou o celular e esboçou um sorriso para sua companheira. Suspeitando a resposta, Amelinha indagou:

"Como foi?

"Ele aceitou. Amanhã às 14:00 horas ele estará por aqui.

"Que bom! Nervos a mil até lá!

"Relaxe, irmã! Vai dar tudo certo.

"Amém!

"Vamos preparar o jantar? Já estou com fome!

"Bem lembrado!

A dupla direcionou-se da sala até a cozinha onde num ambiente agradável conversou, brincou, cozinhou entre outras atividades. Elas eram figuras exemplares de irmãs unidas pela dor e pela solidão. O fato de serem sacanas no sexo só as qualificavam ainda mais. Como todos conhecem, a mulher brasileira tem sangue quente.

Pouco depois, estavam em confraternização ao redor da mesa a pensar na vida e em suas peripécias.

"Comendo este delicioso estrogonofe de frango, me veio a lembrança do negrão e dos bombeiros! Momentos que nunca parecem passar! "Afirmou Belinha!

"Hum, nem me fale! São umas delícias aqueles caras! Sem falar do enfermeiro e do médico! Também adorei! "Lembrou Amelinha!

"Verdade, irmã! Tendo um belo mastro qualquer homem se torna agradável! Que me perdoem as feministas!

"Ah, não precisamos ser radicais assim....

As duas gargalham continuando a comer os alimentos postos na mesa. Por um instante, nada mais importava. Pareciam estar sozinhas no mundo e isso as qualificava como Deusas da beleza e do amor. Porque o mais importante é se sentir bem e ter auto estima.

Confiantes em si mesmas, elas prosseguem no ritual familiar. Ao finalizar esta etapa, navegam na internet, escutam música no aparelho de som da sala, assistem novelas e, mais tarde, um filme pornô. Esta correria as deixa ofegantes e cansadas lhes obrigando a ir descansar em seus respectivos quartos. O dia posterior prometia.

Não demora muito e já caem num sono profundo. Afora os pesadelos, a noite e a madrugada transcorrem dentro da normalidade. Assim que amanhece, levantam começando a cumprir a rotina normal: Banho, desjejum, trabalho, volta para casa, banho, almoço, sesta e deslocamento à sala onde esperam a visita programada.

Ao escutarem batidas à porta, Belinha se levanta e vai atender. Ao fazê-lo, depara-se com o professor sorridente. Isso lhe causou uma boa satisfação interna.

"Bem-vindo, meu amigo! Pronto para nos dar aulas?

"Sim, muito pronto! Obrigado mais uma vez por essa oportunidade! "Correspondeu Renato.

"Vamos entrando! "Permitiu Belinha.

O moço não pensou duas vezes e aceitou o pedido da gata. Cumprimentou Amelinha e ao sinal dela, acomodou-se no sofá. Sua primeira atitude foi tirar a blusa de malha preta por estar fazendo muito calor. Com isso, deixou à mostra seu peitoral bem trabalhado na academia, o suor escorrendo e sua pele moreno-clara. Todos estes detalhes eram um afrodisíaco natural para aquelas duas "Pervertidas".

Fingindo que nada estava acontecendo, uma conversa foi iniciada entre os três.

"Preparou uma boa aula, professor? "Indagou Amelinha.

"Sim! Vamos começar por qual matéria? "Questionou Renato.

"Não sei... "Suspendeu Amelinha.

"Que tal se nos divertimos primeiro? Depois que você tirou a sua blusa, fiquei molhadinha! "Confessou Belinha.

"Eu também "Reforçou Amelinha.

"Vocês duas são mesmo maníacas sexuais! Não é que eu adoro isso? "Constatou o mestre.

Sem esperar resposta, ele foi tirando a calça jeans mostrando os músculos adutores da coxa, os óculos escuros mostrando seus olhos azuis e por último a cueca mostrando uma perfeição de pênis comprido, grossura média e com cabeça triangular. Foi o suficiente para que as putinhas caíssem em cima começando a desfrutar daquele corpo másculo e jovial. Com a ajuda dele, foram se despindo e iniciaram as preliminares do sexo.

Resumidamente, este foi um encontro sexual bafônico. Foram quase quarenta minutos de sexo selvagem em completa harmonia. Nestes momentos, a emoção era tanta que nem sequer davam conta do tempo e do espaço. Portanto, eram infinitos através do Deus amor.

Ao atingirem o êxtase, descansaram um pouco no sofá. Em seguida, estudaram para valer as disciplinas cobradas pelo concurso. Como alunas, as duas eram prestativas, inteligentes e disciplinadas o que foi notado pelo professor. Com certeza, estavam rumo ao caminho da aprovação.

Três horas depois, despediram-se prometendo novos encontros de estudo. Felizes da vida, as irmãs pervertidas foram cuidar de suas outras obrigações já pensando em suas próximas peripécias. Elas eram conhecidas na cidade como "As insaciáveis".

Prova do concurso

O tempo passou um pouco. Durante cerca de dois meses, as irmãs pervertidas foram se dedicando ao concurso de acordo com o tempo disponível. A cada dia que se passava, ficavam mais preparadas para o que der e viesse. Concomitantemente, aconteciam encontros sexuais e nestes momentos elas se libertavam.

Finalmente chegara o dia da prova. Saindo cedo da capital do sertão, as duas irmãs começaram a percorrer a Rodovia BR 232 dum percurso total de 250 km. No caminho, passaram pelos principais pontos do interior do estado: Pesqueira, Belo Jardim, São Caetano, Caruaru, Gravatá, Bezerros e Vitória de Santo Antão. Cada uma destas cidades tinha uma história a ser contada e pela experiência delas absorviam isso completamente. Como era bom ver as montanhas, a mata atlântica, a caatinga, as fazendas, sítios, povoados, pequenas cidades e sorver o ar puro proveniente das matas. Pernambuco era um estado deveras maravilhoso!

Adentrando no perímetro urbano da capital, comemoram a boa realização da Viagem. Pegam a avenida principal com destino ao bairro boa viagem onde realizariam a prova. No caminho, enfrentam o trânsito congestionado, a indiferença dos estranhos, o ar poluído e a falta de orientação. Mas enfim conseguem chegar. Adentram no prédio respectivo, se identificam e inicia-se a prova que duraria dois períodos. Durante a primeira parte da prova, estão totalmente concentradas no desafio das questões de múltipla escolha. Bem elaboradas pela banca responsável pelo certame, suscitavam as mais diversas elaborações das duas. Na visão delas, estavam indo bem. Quando deu o intervalo, saíram para almoçar e tomar um suco num restaurante em frente do prédio. Estes momentos eram importantes para que mantivessem a confiança, o entrosamento e a amizade entre elas.

Depois disso, voltaram ao local de prova. Começou então o segundo período do certame com questões versando sobre outras disciplinas. Mesmo sem manter o mesmo ritmo, continuavam bastante perspicazes nas respostas. Provavam desta forma que a melhor maneira de passar em concursos é dedicando-se muito aos estudos. Um tempo depois, finalizaram sua participação confiantes. Entregaram as provas, voltaram ao carro deslocando-se em direção à praia localizada próxima dali.

No caminho, brincaram, ligaram o som, comentaram sobre a prova e avançaram nas ruas do Recife observando a rua iluminada das ruas da capital pois já era quase noite. Ficam maravilhados com o espetáculo visto. Não é à toa que a cidade é conhecida como "Capital dos trópicos". O sol se punha dando ao ambiente um visual ainda mais magnífico. Que bom estar ali naquele momento!

Ao chegar no novo ponto, aproximaram-se das margens do mar lançando-se em seguida em suas águas frias e calmas. A sensação provocada é extasiante de alegria, contentamento, satisfação e paz. Perdendo a noção de tempo, nadam até cansar. Após isso, deitam na praia à luz das estrelas sem nenhum medo ou preocupação. A magia tomava conta delas com esplendor. Uma palavra a ser usada neste caso era "Imensurável".

Em dado instante, com a praia quase deserta, há uma aproximação de dois homens das garotas. Elas tentam levantar e correr diante do perigo. Mas são impedidas pelos braços fortes dos rapazes.

"Calma, meninas! Não vamos lhe fazer mal! Só pedimos um pouco de atenção e carinho! "Falou um deles.

Diante do tom meloso, as garotas gargalharam de emoção. Se eles queriam sexo, porque não os satisfazer? Elas eram mestras nesta arte. Correspondendo às expectativas deles, elas levantaram-se e os ajudaram a tirar suas roupas. Entregaram duas camisinhas e fizeram um strip-tease. Foi o suficiente para enlouquecer aquelas duas trombadinhas.

Caindo no chão, amaram-se em dupla e seus movimentos faziam tremer o piso. Permitiram-se todas as variações sexuais e desejos de ambos. Nesse momento de entrega, não se importaram com nada ou ninguém. Para eles, estavam sós no universo num grande ritual de amor sem preconceitos. No sexo, estavam totalmente interligados produzindo um poder nunca dantes visto. Semelhantes a instrumentos, faziam parte duma força maior da continuação da vida.

Apenas o cansaço os obriga a parar. Totalmente satisfeitos, os homens despedem-se e se afastam. As garotas decidem voltar para o automóvel. Feito isso, iniciam a viagem de volta a sua residência. Totalmente bem, levavam consigo as experiências vividas e esperavam boas notícias em relação ao concurso do qual participaram. Com certeza, mereciam a melhor sorte do mundo.

Três horas depois, chegavam em casa em paz. Agradecem a Deus as bênçãos concedidas indo em seguida dormir. O outro dia aguardava mais emoções para as duas maníacas.

A volta do professor

Amanhece. O sol se levanta cedo com seus raios passando pelas frestas da janela indo acariciar os rostos das nossas queridas gostosas. Além disso, a brisa fina da manhã ajudou a criar disposição nas mesmas. Como era bom ter a oportunidade de mais um dia com a bênção do pai. Devagar, as duas vão levantando de suas respectivas camas quase no mesmo horário. Depois de tomar banho, o encontro delas acontece na copa onde conjuntamente preparam o desjejum. É um momento de alegria, expectativa e distração compartilhando experiências em momentos incrivelmente fantásticos.

Depois de pronto o café-da-manhã, reúnem-se ao redor da mesa confortavelmente sentadas em cadeiras de madeira com encosto para a coluna. Enquanto comem, trocam experiências íntimas.

"Minha irmã, o que foi aquilo? "Indagou Belinha.

"Pura emoção! Ainda lembro de cada detalhe dos corpos daqueles cretinos queridos! "Correspondeu Amelinha.

"Eu também! Senti um prazer imenso. Era quase extra-sensorial "Reforçou Belinha.

"Eu sei! Vamos repetir essas loucuras mais vezes! "Incentivou Amelinha.

"Concordo! "Aprovou Belinha.

"E da prova, gostou? "Questionou Amelinha.

"Adorei. Estou louca para conferir o meu desempenho! "Disse Belinha.

"Eu também! "Amelinha.

Assim que terminaram de se alimentar, as garotas pegaram seus celulares acessando a internet móvel. Navegaram até a página da organização a fim de verificar o gabarito da prova. Anotaram-no no papel e foram ao quarto conferir as respostas.

Lá dentro, pularam de alegria ao ver a boa nota. Tinham passado! A emoção sentida não podia ser contida neste instante. Depois de comemorar muito, tem a melhor ideia: Convidar o mestre Renato para que pudessem celebrar o êxito da missão. Belinha é a incumbida novamente da missão. Ela pega seu celular e liga.

"Alô? "Indagou Belinha.

"Oi, tudo bem? Como vai, doce Bela?

"Muito bem! Adivinhe o que aconteceu.

"Não me diga que....

"Sim! Passamos no concurso!

"Meus parabéns! Eu não falei para você.

"Quero agradecer muito sua colaboração em todos os sentidos. Você me entende, não é?

"Entendo sim. Precisamos marcar algo. De preferência, na sua casa.

"Foi exatamente por isso que liguei. Pode ser hoje?

"Sim! Posso hoje à noite.

"Maravilha. Esperamos você então às 20:00 horas.

"Acertado. Posso levar meu irmão?

"Claro que sim!

"Então até a noite!

"Até!

A ligação termina. Olhando para irmã, Belinha solta um riso de felicidade. Curiosa, a outra pede:

"E aí? Ele vem?

"Está tudo certo! As oito horas estaremos reunidos. Vem ele e o irmão! Já pensou na Suruba?

"Nem me fale! Já estou latejando de emoção!

"Haja coração! Espero que dê tudo certo!

"Já deu!

As duas gargalham em concomitância preenchendo o ambiente com vibrações positivas. Naquele instante, não tinha a menor dúvida de que o destino conspirava para uma noite de diversões daquela dupla de maníacas. Já tinham passado tantas etapas que não seria agora o seu fraquejar. Deviam, pois, continuar idolatrando os homens como peça sexuais e os descartando em seguida. Isso era o mínimo para que a raça pagasse o sofrimento delas. Em verdade, nenhuma mulher merece sofrer. Ou melhor, quase toda mulher não merece dor.

Chega a hora de trabalhar. Saindo do quarto já prontas, as duas irmãs vão até a garagem onde saem no seu carro particular. Amelinha leva Belinha a escola primeiro e depois parte para a secretaria da fazenda. Lá, esbanja alegria e conta as novidades profissionais. Pela aprovação no concurso, recebe as congratulações de todos. A mesma coisa sucede com Belinha.

Mais tarde, elas voltam para casa e se reencontram. Inicia-se então a preparação visando receber seus colegas. O dia prometia ainda ser mais especial.

Exatamente no horário marcado, escutam batidas na porta. Belinha, a mais esperta delas, levanta-se e vai atender. Com passos firmes e seguros se coloca na porta e abre-a devagar. Ao concluir esta operação, visualiza a dupla de irmãos. Com um sinal da anfitriã, eles entram e se acomodam no sofá da sala.

"Este é meu irmão. Ele se chama Ricardo "Disse Renato.

"Prazer, Ricardo "Correspondeu Belinha.

"Seja bem-vindo, Ricardão! "Continuou Amelinha.

"Agradeço às duas. O prazer é todo meu! "Honrou com um leve sorriso o galante moreno-claro e de olhos cor-de-mel.

"Estou pronto! Vamos logo ao quarto? "Disponibilizou-se Renato.

"Vamos! "Concordou Belinha.

"Quem fica com quem? "Questionou Amelinha.

"Eu escolho Belinha "Exclamou Renato.

"Obrigado Renato! Estamos juntos! "Disse Bela.

"Eu fico com Amelinha com todo prazer! "Aceitou Ricardo.

"Ricardão! Você irá tremer "Desafiou Amelinha.

"Veremos! "Replicou Ricardão.

"Então que comece a festa! "Disse Belinha abrindo os trabalhos.

Os homens delicadamente colocaram as mulheres no braço carregando-as até as camas localizadas no quarto de uma delas. Chegando ao local, tiram a roupa e caem nos belos móveis iniciando o ritual do amor em diversas posições, trocam carícias e cumplicidades. A emoção e o prazer eram tantos que os gemidos produzidos podiam ser ouvidos do outro lado da rua escandalizando os vizinhos. Quer dizer, nem tanto, pois já sabiam da fama delas.

Com a conclusão do alto, os amantes voltam à cozinha onde tomam suco com bol. Enquanto comem, jogam conversa fora durante duas horas aumentando o entrosamento do grupo. Como era bom estar ali aprendendo sobre a vida e como ser feliz. Contentamento é estar bem consigo mesmo e com o mundo afirmando suas experiências e seus valores diante dos outros carregando a certeza de não poder ser julgada pelo próximo. Logo, a máxima em que acreditavam era "Cada um é dono de si".

Ao cair da noite, despedem-se finalmente. Os visitantes vão embora deixando as "Queridas pervertidas" ainda mais eufóricas ao pensar em novas situações. Simplesmente o mundo não parava de girar para as duas confidentes. Que tivessem sorte!

O palhaço maníaco

Arcoverde, 09/12/2017

Chegou o domingo e com ele muitas novidades na cidade. Entre elas, a chegada dum circo nomeado "Super estrela", famoso em todo o Brasil. Era só no que se falava na região. Curiosas por natureza, as duas irmãs se programaram a ir na inauguração do espetáculo marcado para esta mesma noite.

Perto do horário marcado, as duas já se encontravam prontas para sair após um jantar especial de comemoração da solteirice delas. Vestidas ao nível de gala, as duas desfilavam ao mesmo tempo em que saíam de casa e adentravam na garagem. Adentrando no Fiat Mobi, elas dão a partida com uma delas descendo e fechando a garagem. Com o retorno da mesma, a viagem pode ser retomada sem maiores problemas.

Saindo do Bairro São Cristóvão vão em direção ao Bairro Boa vista no outro extremo da cidade, a capital do sertão com aproximadamente oitenta mil habitantes. Ao percorrerem as avenidas tranquilas, ficam maravilhadas com a arquitetura, a decoração natalina, o ânimo das pessoas, as igrejas, as serras as quais pareciam falar, os puns cheirosos trocados em cumplicidade, o som do Rock alto, o perfume Francês, as conversas sobre política, negócios, sociedade, festas, cultura nordestina e segredos. Enfim, estavam totalmente descontraídas, ansiosas, nervosas além de concentradas.

No caminho, em dado instante, cai uma chuva fininha. Contrariando as expectativas, as meninas abrem as janelas do veículo fazendo cair pequenas gotas de água lubrificando seus rostos. Este gesto mostra a simplicidade e autenticidade delas, verdadeiras campeãs de auto astral. Esta é a melhor opção para as pessoas. Do que adianta remoer os fracassos, as inquietações e dores do passado? Não as levariam a lugar algum. Por isso eram felizes através de suas escolhas. Embora o mundo as julgasse, não se importavam, pois, eram donas do seu próprio destino. Parabéns para elas!

Cerca de dez minutos da saída, já se encontram no estacionamento anexo ao circo. Fecham o carro, caminham alguns metros adentrando no pátio interno do ambiente. Por terem chegado cedo, sentam nas primeiras arquibancadas. Enquanto esperam o espetáculo, compram pipoca, cerveja, soltam lorotas e puns silenciosos. Não havia coisa melhor do que estar no circo!

Quarenta minutos depois, o espetáculo é iniciado. Entre as atrações estão: Palhaços brincalhões, acrobatas, trapezistas, contorcionistas, globo da morte, mágicos, malabaristas e um Show Musical. Durante três horas, vivem momentos mágicos, engraçados, distraem-se, brincam, se apaixonam, enfim, vivem. Com o término do espetáculo, fazem questão de ir ao camarim e cumprimentar um dos palhaços. Ele tinha realizado a proeza de alegrá-las como nunca antes tinha acontecido.

Subindo no palco, tem que pegar uma fila. Por coincidência, são as últimas a entrar no camarim. Lá, encontram um palhaço totalmente desfigurado, longe do glamour do palco.

"Viemos aqui parabeniza-lo pelo seu grande espetáculo. Realmente há um dom de Deus nisso! "Observou Belinha.

"Suas palavras e seus gestos estremeceram meu espírito. Eu não sei bem, mas percebi uma tristeza no seu olhar. Estou certa? "Perguntou Amelinha.

"Obrigado as duas pelas palavras. Como se chamam? "Respondeu o palhaço.

"Eu me chamo Amelinha!

"Meu nome é Belinha!

"Prazer. Podem me chamar de Gilberto! Realmente, já sofri bastantes dores nessa vida. Uma delas foi a separação recente da minha esposa. Vocês devem entender não ser nada fácil se separar da esposa depois de vinte anos de convivência, não é? Independentemente disso, fico muito feliz por ter cumprido com maestria minha arte.

"Coitado! Sinto muito! "Lamentou Amelinha.

"O que podemos fazer para alegrá-lo? "Perguntou Belinha.

"Não sei como. Depois da separação da minha esposa, sinto muito a falta de sexo "Constatou Gilberto.

"Hum! Podemos dar um jeito nisso, não é irmã? "Insinuou Belinha.

"Claro! O senhor é bem-apessoado! "Elogiou Amelinha.

"Obrigado, garotas! Vocês são demais! "Exclamou Gilberto.

Sem esperar mais, o branco, alto, forte, másculo de olhos negros foi se despindo e as moças seguiram seu exemplo. Totalmente nus, o trio entrou nas preliminares caindo ali no chão mesmo. Mais do que uma troca de emoções e palavrões, o sexo os divertia e os animava. Naqueles breves momentos, sentiam-se partes duma força maior: O Deus amor. Através do amor, atingiam o êxtase maior que um ser humano poderia alcançar.

Terminada o ato, vestem-se e despedem-se. Esta tinha sido mais uma etapa e a conclusão que chegavam era de que o homem era um lobo selvagem. Um palhaço maníaco inesquecível. Sem mais, saem do circo deslocando-se até o estacionamento. Adentram no carro iniciando o caminho de volta. Os próximos dias prometiam mais surpresas.

Passeio em Pesqueira

11-12-2017

A segunda amanheceu mais linda do que nunca. Logo cedo, nossas amigas tem o prazer de sentir o calor do sol e a brisa passeando em seus rostos. Estes contrastes causavam no aspecto físico das mesmas uma sensação boa de liberdade, contentamento, satisfação e alegria. Estavam prontas, pois, para enfrentar um novo dia.

Pensando nisso, concentram suas forças culminando em seu levantar. O próximo passo é irem as suítes e o fazem com extrema vagareza como se fossem baianas. Sem querer magoar nossos queridos vizinhos, é claro. A terra de todos os santos é um local espetacular cheio de cultura, história e tradições seculares. Viva a Bahia!

Na toalete, tiram a roupa tendo a estranha sensação de que não estavam sozinhas. Quem já ouviu falar da lenda da loura do banheiro? Depois duma maratona de filmes de terror, era normal encrencar com isso. No instante posterior, balançam a cabeça tentando ficar mais tranquilas. Repentinamente, vem à mente de cada uma delas sua trajetória política, seu lado cidadão, seu lado profissional, religioso e seu aspecto sexual. Sentem-se bem em serem aparelhos imperfeitos. Tinham certeza de que qualidades e defeitos acrescentavam à personalidade delas.

Trancafiam-se no Box. Abrindo o chuveiro, deixam a água quente escorrer pelos corpos suados devido ao calor da noite anterior. O líquido serve como catalisador absorvendo todas as coisas ruins. Isso era exatamente do que precisavam agora: Esquecer as dores, os traumas, as decepções, as inquietações tentando reencontrar-se com novas expectativas. O ano vigente tinha sido crucial nisso. Uma virada fantástica em todos os aspectos da vida.

O processo de limpeza é iniciado com o uso de bucha, sabonete, Xampu além da água. Nesta hora, sentem um dos melhores prazeres o que as obriga lembrar da passagem no Recife e as peripécias na praia. Intuitivamente, o espírito desbravador delas pede por mais aventuras no que ficam para analisar assim que puderem. A situação favorecia por conta da folga alcançada no trabalho de ambas como prêmio da dedicação ao serviço público.

Durante cerca de vinte minutos, deixam um pouco de lado seus objetivos para viver um momento refletivo em suas respectivas intimidades. Ao final desta atividade, saem do sanitário, enxugam o corpo molhado com a toalha, vestem roupas e sapatos limpos, usam perfume suíço, maquilagem importada da Alemanha completando com óculos escuros e tiaras bem bonitas. Completamente prontas, deslocam-se até a copa com suas bolsas a tiracolo e se cumprimentam felizes com o reencontro em agradecimento ao bom Deus.

Em cooperação preparam um desjejum de fazer inveja: Cuscuz ao molho de galinha, verduras, frutas, café-com-leite e bolachas. Em partes iguais, a comida é dividida. Alternam momentos de silêncio com breves trocas de palavras porque eram educadas. Concluído o café-da-manhã, não tem mais como fugir do que pretendiam.

"Qual sugestão nos dá, Belinha? Estou entediada!

"Tenho uma boa ideia. Lembra aquele rapaz que encontramos na lotação de Pesqueira?

"Lembro. Era escritor e se chamava Divinha.

"Tenho o número dele. Que tal se entrássemos em contato? Gostaria de conhecer onde ele mora.

"Eu também. Ótima ideia. Faça isso. Vou adorar.

"Está bem!

Belinha abriu a bolsa, pegou o celular e começou a discar. Em instantes, alguém atende na linha e a conversa se inicia.

"Alô.

"Oi, Divinha, tudo bem?

"Tudo bem, Belinha. Como andam as coisas?

"Estão indo bem. Olha, aquele convite ainda está de pé? Eu e minha irmã gostaríamos de ter hoje um programa especial.

"Lógico que sim. Não vão se arrepender. Aqui temos serras, natureza abundante, ar puro além de ótima companhia. Também estou disponível hoje.

"Que maravilha! Pois então nos espere na entrada do povoado. Em no máximo trinta minutos estamos chegando por aí.

"Certo! Então até lá!

"Até!

A ligação termina. Com um sorriso estampado, Belinha volta a se comunicar com a irmã.

"Ele aceitou. Vamos?

"Vamos! O que estamos esperando?

As duas desfilam da copa até a saída da casa fechando a porta atrás de si com chave. Em seguida, vão a garagem. Pilotando o carro oficial da família, deixam seus problemas atrás esperando novas surpresas e emoções na terra mais importante do mundo. Atravessando a cidade, com um som alto ligado, guardavam para si mesmas suas pequenas esperanças. Valia tudo naquele momento até pensar na hipótese de ser feliz para sempre.

Com pouco tempo, pegam o lado direito da Rodovia BR 232.Iniciam assim o percurso de ida rumo a realização e a felicidade. Com velocidade moderada, são capazes de curtir a paisagem serrana às margens da pista. Apesar de ser um ambiente conhecido, cada passagem ali era mais do que uma novidade. Era uma redescoberta do próprio eu.

Passando por sítios, fazendas, povoados, nuvens azuis, cinzas e rosas, ar seco e temperatura quente vão avançando. No tempo programado, vão chegando no arruado mais bucólico da entrada do sertão Pernambucano. Mimoso dos coronéis, do vidente, da Imaculada Conceição e de pessoas com alta capacidade intelectual.

Ao parar na entrada do distrito, já estava a sua espera o seu amigo querido com o mesmo sorriso de sempre. Um bom sinal para quem buscava aventuras. Descendo do carro, vão ao encontro do nobre colega que as recebe com um abraço tornando-se triplo. Este instante parece não acabar. Já refeitos, começam a trocar as primeiras impressões.

"Como vai, Divinha? "Indagou Belinha.

"Bem e vocês? "Correspondeu o vidente.

"ótima! "Confirmou Belinha.

"Melhor do que nunca "Complementou Amelinha.

"Tenho uma ótima ideia: Que tal subirmos a montanha do Ororubá? Foi lá exatamente oito anos atrás que minha trajetória na literatura se iniciou.

"Que beleza! Vai ser uma honra! "Observou Amelinha.

"Para mim também! Adoro natureza! "Concordou Belinha.

"Então vamos agora! "Chamou Aldivan.

Fazendo sinal para que o seguissem, o misterioso amigo das duas irmãs avançou nas ruas do centro. Dobrando a direita, entrando num sítio particular e caminhando cerca de cem metros os coloca no sopé da serra. Eles fazem uma parada rápida a fim de descansar e se hidratar. Como era subir a montanha depois de tantas aventuras? A sensação era de paz, recolhimento, dúvida e hesitação. Era como se fosse a primeira vez com todos os desafios impostos pelo destino. Repentinamente, as amigas encaram o grande escritor com um sorriso.

"Como tudo começou? O que isso representa para você? "Indagou Belinha.

"Em 2009, minha vida girava na monotonia. O que me mantinha vivo era a vontade de externar o que eu sentia ao mundo. Foi quando ouvi falar desta montanha e dos poderes de sua gruta maravilhosa. Sem saída, decidi arriscar em nome do meu sonho. Arrumei minha mala, subi a montanha, realizei três desafios os quais me credenciaram a entrar na gruta do desespero, a gruta mais mortal e perigosa do mundo. Dentro dela, superei grandes desafios terminando por chegar na câmara. Foi nesse momento de êxtase que o milagre aconteceu: Tornei-me o vidente, um ser onisciente através de suas visões. Até agora já foram mais vinte aventuras e não pretendo parar tão cedo. Com a ajuda dos leitores, aos poucos, estou conseguindo realizar o meu objetivo de conquistar o mundo "Resumiu o filho de Deus.

"Emocionante! Sou sua fã "Confessou Amelinha.

"Tocante! Sei como deve se sentir ao realizar esta tarefa novamente "observou Belinha.

"Muito bom! Sinto uma mistura de coisas boas incluindo sucesso, fé, garra e otimismo. Isso me dá boas energias "Respondeu o vidente.

"Que bom! Que conselhos nos dá? "Indagou bela.

"Mantenhamos o foco. Estão prontas para descobrir melhor a si mesmas? "Indagou o mestre.

"Sim! "Concordaram as duas.

"Então sigam-me!

O trio retomou a empreitada. O sol esquenta, o vento sopra um pouco mais forte, os pássaros voam rasante e cantam, as pedras e os espinhos parecem se mexer, o chão treme e as vozes da montanha começam a atuar. Este é o ambiente apresenta na subida da serra.

Com muita experiência, o homem da gruta auxilia as mulheres durante todo o tempo. Agindo assim, colocava em prática virtudes importantes como a solidariedade e cooperação. Em troca, elas lhe emprestavam um calor humano e dedicação inigualáveis. Podíamos dizer ser aquele trio insuperável, imbatível e competente.

Pouco a pouco, vão subindo passo a passo os degraus da felicidade. Com dedicação e persistência, ultrapassam o "angico maior", marco dum quarto de percurso. Apesar do feito considerável, continuam incansáveis em sua busca. Estavam, pois, de parabéns.

Em sequência, diminuem um pouco o ritmo da caminhada, mas mantendo-a constante. Como diz o ditado, devagar se vai ao longe. Esta certeza os acompanha todo o tempo criando um espectro espiritual de paciência, cautela, tolerância e superação. Com estes elementos, tinham fé de superar quaisquer adversidades.

No ponto seguinte, a pedra sagrada, concluem um terço do percurso. Há uma breve pausa e eles aproveitam para orar, agradecer, refletir e planejar os próximos passos. Na medida certa, procuravam satisfazer suas expectativas apaziguando seus medos, dores, torturas e tristezas. Por terem fé, uma paz indelével preenche seus corações.

Com o reinício da jornada, voltam as incertezas, as dúvidas e a força do inesperado volta a atuar. Embora isso pudesse amedronta-las, carregavam a segurança de estar na presença do "filho de Deus" ou "pequeno broto do sertão". Nada nem ninguém podia lhes fazer mal simplesmente porque Deus não permitiria. Eles se davam conta desta proteção em cada momento difícil da vida onde os outros simplesmente os abandonaram. Deus é efetivamente nosso único amigo fiel e verdadeiro.

Mais adiante, cumprem a metade do percurso. A subida continua sendo realizada com mais dedicação e afinco. Contrariamente ao que acontece geralmente com os escaladores comuns, o ritmo ajuda na motivação, vontade e entrega. Embora não fossem atletas, era notável o desempenho deles por serem jovens saudáveis e comprometidos.

A partir do terceiro quarto de percurso, a expectativa chega a níveis insuportáveis. Até quando teriam que esperar? Neste instante de pressão, o melhor a fazer era tentar controlar o ímpeto de curiosidade. Todo cuidado era pouco agora devido a atuação das forças contrárias.

Com um pouco mais de tempo, finalmente concluem o trajeto. O sol brilha mais forte, a luz de Deus os ilumina e saindo duma trilha surgem a guardiã e seu filho Renato. Tudo parecia renascer completamente no coração daqueles "Pequenos adoráveis". Fizeram por merecer esta graça através da lei planta-colheita. O próximo passo do vidente é correr para um abraço apertado junto a seus benfeitores. As colegas o acompanham e tornam o abraço quíntuplo.

"Que bom vê-lo, filho de Deus! Há quanto tempo! Meu instinto maternal me avisou de sua aproximação "Comentou a senhora ancestral.

"Eu que fico feliz! É como se eu relembrasse a minha primeira aventura. Foram tantas emoções. A montanha, os desafios, a gruta e a viagem no tempo marcaram minha história. Voltar aqui me traz boas reminiscências. Agora, trago comigo duas guerreiras amigas. Elas precisavam desse encontro com o sagrado.

"Como se chamam, Senhoritas? "Perguntou a Guardiã.

"Eu me chamo Belinha e sou auditora.

"Meu nome é Amelinha e sou professora. Moramos em Arcoverde.

"Sejam bem-vindas meninas "Correspondeu a Guardiã.

"Somos gratas! "Disseram em concomitância as duas visitantes com lágrimas escorrendo pelos olhos.

"Também adoro novas amizades. Estar ao lado novamente do meu mestre me dá um prazer especial daqueles indescritíveis. Só quem sabe entender isso somos nós dois. Não é verdade, parceiro? "Observou Renato.

"Você não muda nunca, Renato! É impagável suas palavras. Com essa minha loucura toda, encontra-lo foi uma das coisas boas do meu destino. Meu amigo e meu irmão "Respondeu o vidente sem calcular as palavras. Elas saíam naturalmente pelo verdadeiro sentimento que nutria por ele.

"Somos correspondidos na mesma medida. Por isso nossa história é um sucesso "Disse o jovem.

"Que bom participar desta história. Eu nem imaginava o quanto a montanha era especial em sua trajetória, querido escritor "Falou Amelinha.

"Ele é admirável mesmo, irmã. Além disso, seus amigos são muito simpáticos. Estamos vivendo a ficção real e isso é a coisa mais maravilhosa que existe "Complementou Belinha.

"Agradecemos o elogio. Não obstante, devem estar cansados do esforço empregado na escalada. Que tal irmos em casa? Sempre temos algo a oferecer "Convidou a madame.

"Aproveitamos a chance para colocar as conversas em dia. Eu estou com muitas saudades "Confessou Renato.

"Por mim, tudo bem. Acho ótimo! Quanto as Senhoritas, o que me dizem?

"Vou adorar! "Asseverou Belinha.

"Vamos sim "Concordou Amelinha.

"Então vamos! "Concluiu a mestra.

O quinteto começa a caminhar seguindo a ordem dada por aquela fantástica figura. Neste instante, um frio gelado sopra atravessando os esqueletos fatigados da turma. Quem era na verdade aquela mulher e quais poderes possuía? Apesar de tantos momentos juntos, o mistério permanecia trancado como porta a sete chaves. Provavelmente, nunca chegariam a saber por ser isso parte do segredo da montanha. Simultaneamente, seus corações permaneciam na bruma. Estavam esgotados de doar amor e de não receber, de perdoar e de se decepcionar novamente. Enfim, ou se acostumavam com a realidade da vida ou sofreriam muito. Precisavam, portanto, dum conselho.

Passo a passo, vão superando os obstáculos. Em dado instante, ouvem um grito perturbador. Com um olhar, a chefe os acalma. Esse era o sentido da hierarquia: Enquanto os mais fortes e mais experientes protegiam, os servos retribuíam com dedicação, adoração e amizade. Era uma via de mão-dupla.

Com segurança, vão administrando a caminhada com esmero e delicadeza. Que raio de ideia tinha passado na cabeça de Belinha? Estavam no meio do mato arrodeados por animais asquerosos que poderiam feri-los. Afora isso, havia espinhos e pedras pontiagudas sobre seus pés. Como toda situação tem seu ponto de vista, estar ali era a única chance de poder entender melhor a si mesmo e seus desejos, algo deficitário na vida dos visitantes. Logo, valia muito a pena a aventura.

Próximo da metade do caminho, promovem uma parada. Bem próximo dali, havia um pomar. Encaminham-se animadamente para o paraíso. Em alusão ao conto bíblico, sentiam-se complemente livres e integrados a natureza. Como crianças, brincam de subir nas árvores, pegam os frutos, descem e os comem. Depois, meditam. Aprendiam assim que a vida é feita por momentos. Sejam eles tristes ou alegres, é bom aproveitá-los enquanto temos vida.

No instante posterior, tomam um banho refrescante no lago anexo. Esse fato provoca boas lembranças de outrora, de experiências marcantes na vida deles. Como era bom ser criança! Como era difícil crescer e enfrentar a vida adulta. Conviver com a falsidade, a mentira e o falso moralismo das pessoas.

Continuando a marcha, já se aproximam do destino. Dobrando a direita na trilha, já podem visualizar o casebre simples. Aquele era o santuário das pessoas mais maravilhosas e misteriosas da montanha. Eles eram incríveis o que prova que o valor duma pessoa não está no que possui. A nobreza da alma está no caráter, nas atitudes de caridades e aconselhamento. Por isso que se diz o seguinte ditado: Mais vale um amigo na praça do que dinheiro depositado num banco.

Alguns passos adiante, param em frente da entrada da choupana. Será que conseguiam respostas para suas indagações mais internas? Só o tempo poderia responder este e outros questionamentos. O importante disso tudo era que estavam ali para o que der e vier.

Tomando o papel de anfitriã, a guardiã abre a porta dando acesso aos demais ao interior da casa. Eles adentram no cubículo de vão único observando tudo ao derredor. Impressionam-se com a delicadeza do local representada pela ornamentação, os objetos, o mobiliário e o clima de mistério. Contraditoriamente, naquele lugar havia mais riqueza e diversidade cultural do que em muitos palácios. Portanto, podemos nos sentir felizes e completos mesmo em ambientes humildes.

Um a um, vão se acomodando nos locais disponíveis a exceção de Renato que vai a cozinha preparar o almoço. O clima inicial de timidez é quebrado.

"Gostaria de conhece-las melhor, garotas "Solicitou a guardiã.

"Somos duas raparigas da cidade de Arcoverde. Ambas resolvidas na profissão, mas fracassadas no amor. Desde que fui traída pelo meu antigo parceiro, fiquei frustrada "Confessou Belinha.

"Foi aí que resolvemos nos vingar dos homens. Fizemos um pacto para atraí-los e usá-los como objeto. Nunca mais iremos sofrer "Garantiu Amelinha.

"Eu dou todo meu apoio a elas. As conheci na lotação e agora surgiu a oportunidade delas nos visitarem aqui "Reforçou o broto do sertão.

"Interessante. Esta é uma reação natural às decepções sofridas. Contudo, não é o melhor caminho a ser seguido. Julgar toda uma espécie por uma atitude duma pessoa é um erro claro. Cada um tem sua própria individualidade. Esta face sagrada e sem vergonha de vocês pode gerar mais conflitos e prazer. Cabe encontrar o ponto certo dessa história. O que eu posso fazer é apoiar como o amigo de vocês fez e me tornar cúmplice dessa história "Analisou o espírito sagrado da montanha.

"Eu permito. Quero encontrar a mim mesmo neste santuário "Desejou Amelinha.

"Aceito também sua amizade. Quem diria que eu estaria numa novela fantástica? O mito da gruta e da montanha parecem tão reais agora. Posso fazer um pedido? "Requereu Belinha.

"Claro, querida" Disponibilizou-se a senhora.

"As entidades da montanha podem escutar os pedidos dos mais humildes sonhadores como aconteceu comigo. Tenha fé! "Motivou o filho de Deus.

"Eu sou tão descrente. Mas se você diz, tentarei. Eu peço um final feliz para todos nós. Que cada um aqui se realize nos principais campos da vida "Falou Belinha.

"Eu concedo!!! "Trovejou uma voz grossa no meio da sala.

As duas meretrizes deram um salto para o chão. Enquanto isso, os outros riam e choravam com a reação das duas. Esse fato havia sido mais uma ação do destino. Mais que surpresa! Não havia quem pudesse prever o que acontecia no topo da montanha. Desde que um famoso indígena morrera no local, a sensação de realidade deixara espaço para o sobrenatural, o mistério e o inusitado.

"Que raios de trovão foi esse? Estou tremendo até agora "Confessou Amelinha.

"Eu escutei bem o que a voz disse. Ela confirmou meu desejo. Estou sonhando? "Perguntou Belinha.

"Milagres acontecem! No tempo certo saberão reconhecer exatamente o que quer dizer isso "Revelou a mestra.

"Eu acredito na montanha e vocês devem crer também. Através do milagre dela, eu continuo aqui convicto e seguro das minhas decisões. Se falharmos uma vez, podemos recomeçar. Há sempre esperanças para quem está vivo "assegurou o xamã da vidência mostrando um sinal no telhado.

"Uma luz. O que quer dizer isso? "Encantou-se em lágrimas Belinha.

"É tão linda e luminosa "Falou a impressionada Amelinha.

"É a luz da nossa amizade eterna. Embora ela desapareça fisicamente, permanecerá intacta em nossos corações.

Lightning Source UK Ltd.
Milton Keynes UK
UKHW011610160421
382096UK00009B/397